DONDE

Autor
José Miguel RODRIGUEZ CALVO

Novela

"Obra en Castellano"
Abril 2019

DONDE

José Miguel RODRIGUEZ CALVO

Décroche-moi une étoile

1

Poco a poco movió sus pestañas, abrió los ojos, primero uno y luego con gran dificultad el segundo, sentía el sol que le abrasaba la cara, y un dolor de cabeza insoportable.

Se encontraba tumbado en el suelo sobre la espalda, levantó lentamente la mano para cubrir la insostenible luz del sol que filtraba entre los altos y frondosos árboles, y deslumbraba sus ojos. Observó de inmediato que estaba ensangrentada.

Intentó incorporarse, pero con grandes penas podía mover su cuerpo dolorido.

Su vista nublosa y difusa percibía con gran dificultad el entorno, donde solo distinguía altas hierbas y un monte verde y exuberante.

Un sinfín de revuelos gritos y cantos ruidosos de pájaros, de toda clase, llegaban a sus oídos.

Con gran pena pudo sentarse, ahora podía observar mejor su entorno, un bosque cerrado lo rodeaba, por todas partes.

Llevo su mano a la cabeza, y sintió un dolor insostenible, una herida recorría la mitad de ella.

Intentó levantarse, pero el dolor atroz de su costado izquierdo lo impidió.

Su camisa llevaba un desgarro y una extendida mancha de sangre lo rodeaba.

Por más que reflexionaba, no conseguía acordarse de quien era, cuál era su nombre, en qué lugar estaba ni que avía ocurrido, era como una pesadilla, todo aquello no podía ser real.

Empezó a gritar a ver si se despertaba de aquel sueño irrealista que le parecía tan verdadero.

— ¡Basta ya! ¡Basta ya! ¡Quiero despertar joder!

Estuvo un buen rato chillando y boceando, a la vez que golpeaba fuertemente el suelo, hasta que se quedó rendido sin aliento.

No estaba soñando, todo aquello era real, se sentía como preso y capturado en una trampa, asediado entre aquel espeso y exuberante bosque que cubría todo su entorno, y que parecía que lo mantenía atrapado en su seno.

Que había ocurrido, quien le avía causado aquellas graves y dolorosas heridas.

Empezó otra vez a llamar con más fuerza.

— ¡Ayuda! ¡Ayuda! ¡Socorro!

Solamente el eco le contestaba, y a cada voz un revuelo de pájaros asustados emprendía su vuelo con un ruidoso alboroto que estremecía todo su cuerpo dolorido.

Se encontraba solo, perdido, malherido, y sin la más ínfima porción de memoria.

Registró varias veces cuidadosamente todos los bolsillos de su chaqueta, y no llevaba nada que le diera una pista, ni tan solo su reloj.

Vestido con un traje aparentemente de marca, aunque gastado, desgarrado y sucio, y una camisa azul claro también de cualidad, pero con un pequeño desgarre y una amplia mancha de sangre del lado izquierdo.

Y nada más, ningún calzado en sus pies.

Para el, todo esto superaba el entendimiento.

¿Qué podía hacer? ¿Dónde estaba? ¿Hacia dónde dirigirse?

Intentó lentamente levantarse poniéndose de rodillas y agarrándose de los arbustos más cercanos, y a pesar del insostenible dolor de costado lo consiguió, pero su herida empezó de nuevo a sangrar.

Se quitó la chaqueta y la camisa, y nudo esta última fuertemente sobre la herida consiguiendo detener la hemorragia.

Después, buscaría un trozo de rama seca en los alrededores que le serviría de bastón, e intentó rebuscar en el entorno alguna de sus pertenencias como el calzado o su cartera que le hubiese ayudado.

Nada, no había nada, la gente que lo había herido y abandonado en aquel lugar, no dejo el menor rastro de sus enseres.

Se detuvo un momento sin moverse, para ver si percibía algún sonido de civilización, pero tan solo el incesante barullo del monte llegaba a sus oídos.

Ahora empezaría a buscar caminando en círculos cada vez más grandes para ver si encontraba algún camino o sendero.

Su penosa búsqueda, no lograría identificar o descubrir la más mínima huella de un pasadizo que pudiese seguir.

Cansado y agotado, sufriendo cada vez mas de sus heridas, regresó al sitio donde se despertó.

Se tumbó sobre una improvisada y sencilla litera rápidamente confeccionada con hojas secas, y cayó en un profundo y aletargado sueño.

Varias horas habían pasado cuando por fin logró despertar, al abrir los ojos solo percibía entre los altos árboles, algunas escasas nubes rojizas todavía alumbradas por el sol poniente.

En su entorno, solo distinguía los gruesos troncos de árboles, todo el resto se encontraba en una especie de penumbra que con gran pena conseguía identificar.

Ahora, aunque muerto de sed y hambriento, solo podía hacer una cosa, volverse a acostar.

El dolor de sus heridas se había ligeramente disipado, entonces recogió con afán un poco más de aquel lecho vegetal para cubrirse el cuerpo y preservarlo del frio de la noche.

Como conseguir dormir, ahora toda la fauna del monte se había despertado, y aquello parecía un sin cesar de ruidos extraños.

— ¿Y si son animales peligrosos, que puedo hacer para defenderme?

Se preguntaba en su mente, con irreprimible temor.

Toda la noche la pasó agitado y alerta, estremeciéndose por cualquier ruido cercano.

Por fin la luz del día empezó alumbrando la copa de los más altos árboles, y poco a poco la lúgubre oscuridad se fue lentamente retirando como escapando de la llegada aurora.

Ahora el sol empezaba ya penetrando la densa jungla, y por fin, llegaba hasta él, calentando un poco su cuerpo entumecido por la frialdad de la noche, que, aunque esta había sido clemente con él, y no avía llovido, sentía que la frescura había traspasado todo su cuerpo.

La sed y el hambre retorcía sus entrañas, tenía que hacerse con algo para colmar su inanición, de no conseguirlo sabía que no podría sobrevivir mucho tiempo, y para eso, iba a poner todo su empeño en alcanzarlo.

Primero confeccionaría con algunas anchas hojas y unas lianas algo para calzar y proteger sus pies, que le permitiría caminar.

No se avía dado cuenta hasta ahora, pero tenía unas profundas marcas en los tobillos y en las muñecas, consecuencia de haber sido amarrado de pies y manos durante bastante tiempo.

Deduciendo la posición de los puntos cardenales, por la posición del sol al amanecer, decidió caminar hacia el poniente, o sea el oeste.

No sabía el por qué, pero le pareció lo más adecuado en aquel momento, solo se le ocurrió que beneficiaría de algo más tiempo de luz.

Después de echar una última mirada en los alrededores, por si encontrara algo que no hubiese percibido, emprendió la lenta y dificultosa marcha.

Sabía perfectamente que sería verdaderamente un milagro dar con un poblado donde lo recibirían con la mesa puesta, aunque le gustaba imaginarlo.

Marchó todo el día, hasta el anochecer, sin tan siquiera encontrar un charco de agua para saciar su sed, que le quemaba la garganta.

Ahora preparó su lecho, como la primera vez, y cayó rendido.

2

Otro día amaneció, el bosque parecía cada vez más denso y espeso, sin lugar a dudas era una selva tropical. Pero como podía encontrarse en aquel lugar tan inhospitalario, de pronto pensó en los numerosos animales peligrosos de esas tierras.

Los reptiles, arañas o peores aun, lobos, o jaguares y cuantos más, de los que no podría defenderse.

De pronto le entró un aterrador pánico, que le recorrió todo el cuerpo.

El, que había dormido tranquilamente dos noches en el suelo sin la menor protección, y sin tan siquiera percatarse del peligro.

Pensándolo bien, tampoco se le ocurría algún medio de librarse de todos los numerosos riesgos.

¿Qué podía hacer?

No disponía de ningún medio ni arma, para defenderse del ataque de una bestia feroz, tan solo podía contar con su modesto bastón que a malas penas le servia de apoyo.

Se encontraba ya casi al borde del desmayo, llevaba varios días sin beber ni comer, no aguantaba más, así que marchó otro día más sin encontrar algo que llevarse a la boca.

Lo del peligro decidió de no darle la menor importancia, de todas formas, ya nada le afectaba, su vida terminaría en aquella selva de una manera o de otra.

El día se terminó, y como de costumbre preparó su sencillo lecho y se quedó dormido.

El sol se levantó otra mañana sin novedad, apacible y tranquila, se preparaba a cambiar su peculiar calzado, cuando todavía medio dormido creyó percibir el ruido de agua corriente.

3

Sin perder un instante se apresuró en la dirección de donde venía el inigualable sonido, y llego hasta un riachuelo que serpenteaba entre la maleza.

Estaba salvado, corría un agua cristalina, y se percibían pequeños peces en los lugares más tranquilos.

Sin el menor esmero ni detenimiento, se tiró boca abajo, y colmo su sed hasta no poder más.

Después de un rato, confeccionó una especie de trampa con una hoja grande enrollada en forma de embudo y perforada de pequeños agujeros que dejaban pasar el agua, quedando los peces atrapados en su interior.

Cuando varios se encontraban dentro este levantaba de golpe su trampa y los peces quedaban presos, y volvía de nuevo a colocar su ingeniosa invención.

Después los preparaba, vaciándolos con una piedra afilada del rio, quitándoles las espinas y degustándolos crudos.

De esa manera pudo alimentarse, y coger rápidamente, las tan necesarias fuerzas.

Pudo también lavarse y limpiar sus heridas, la de la cabeza había cicatrizado perfectamente y no presentaba ningún problema mayor, aunque grande, había sido solo superficial, pero la del costado más profunda, se había infectado, y comenzaba a sentirse con fiebre.

Después de haber descansado todo el día en aquel lugar, al amanecer, decidió seguir el curso del rio.

Aunque con gran dificultad, para continuar acompañando sus numerosos meandros que serpenteaban entre un denso bosque impenetrable, este se empeñó en permanecer lo más cerca posible de su cauce que se hacía mayor a medida que descendía la pendiente ladera del cerro.

Ahora el monte ya era menos denso, y la pendiente más suave, pero seguía sin encontrar el mínimo rastro de civilización.

El riachuelo se había convertido en cauce infranqueable,

Llego la noche y tubo que pernoctar de nuevo en aquel lugar inhospitalario, esta vez lo hizo en altura encima de una roca, lo que le supuso un gran esfuerzo para trepar varias veces y llevar la suficiente cantidad de hojas para confeccionar su rudimentaria litera.

Allí arriba, pensaba que se sentiría en mayor seguridad.

Y su oportuna idea le salvaría la vida, porque nada más acostado para pasar la noche u jaguar empezó a rodear la roca, con ganas de trepar hacia su manjar.

Este empezó a gritar y lanzarle las piedras que se encontraban a su rededor, consiguiendo ahuyentar al insaciable predador.

De momento había salvado su pellejo, pero ya no dormiría por miedo a que volviera durante su sueño.

Durante toda la noche permaneció alerta, al mismo tiempo que intentaba encontrar en algún rincón de su memoria algo que recordar, pero su mente permanecía desesperadamente en blanco.

El sol volvió a salir calentando su cuerpo destemplado durante la larga noche.

Esta vez había decidido recolectar unos pequeños frutos que había visto varias veces pero que no conocía, parecidas a gruesas *"grosellas"* de color rojo que crecían en racimos como las uvas.

Había también otras variedades, pero no savia si estas eran comestibles.

Tenía que probar comer alguno de esos frutos porque el cauce y la fuerte corriente del rio le impedía adentrarse lo más mínimo en él, para utilizar su genuina trampa.

A demás, el agua se había vuelto más turbia a la vez que descendía la ladera.

4

Estaba sumido en sus pensamientos, cuando de repente distinguió un hombre tan solo vestido de un sencillo *"taparrabos"* pescando entre la espesa frondosidad de la orilla del rio.

Este, al percibirlo soltó sus enseres y recogió una cerbatana que se encontraba a sus pies, introduzco una flecha y después de llevarla a la boca, apuntó en su dirección.

Inmediatamente, levantó los brazos agitándolos para hacerle entender que no se trataba de ningún enemigo. El autóctono pescador comprendió que no era peligroso, y le hizo señas de acercarse, hablándole en un idioma desconocido.

Nuestro hombre le contestó en castellano.

— ¡Hola soy español! ¿Me comprendes?

— ¡Si, si, acerque!

Unos minutos después llego junto a él.

— ¿Entonces entiendes español?

— ¡Pues claro! Aquí en Perú es la lengua oficial, aunque también se usan varios idiomas ancestrales. ¿Qué hace por aquí solo?

— No lo sé, hace unos días me desperté en la selva herido, y sin saber quién soy ni que ha pasado.

— Bueno vamos al poblado allí podrán hacer algo para curar sus heridas.

— ¡De acuerdo, muchas gracias!

El autóctono recogió sus cosas y se dirigieron hacia el poblado.

—¡Por fin estoy a salvo! pensaba mientras acompañaba el pescador. —¿Pero qué coño hago yo en Perú?

En escaso tiempo llegaron al lugar.

Tan solo unas cuantas barracas de madera ocupaban la zona, no había ni calles ni ningún edificio o casa en duro, era como un campamento desprovisto de todo tipo de bienes o servicios, sucio y polvoriento.

Pero por lo menos había conseguido abandonar aquella peligrosa selva.

A penas llegar el pescador lo introduzco en su cabaña y mandó su mujer a buscar el curandero del poblado.

Rápidamente este izo hervir unas cuantas hierbas y raíces que luego trituraría y aplicaría sobre la herida del costado.

Seguidamente le colocó un lienzo bien apretado alrededor de su cuerpo.

— ¡Bueno ya está! Lo va a dejar así y lo cambiaremos dentro de dos días.

— ¡Muchas gracias por todo!

— ¡No se preocupe, ahora tiene que alimentarse!

Después de preparar varios platos típicos de la zona a base de pescado y otros animales desconocidos para él, Pudo por fin comer algo caliente.

— ¿Entonces no se acuerda de nada?

Preguntó el autóctono.

— No en absoluto, ni de mi nombre, ni de mi familia, ni de mi trabajo, ni siquiera lo que hago en Perú.

— ¿Y de sus heridas?

— Tampoco, nada, me desperté en la selva y llevo caminando casi una semana, hasta llegar aquí.

— Veo por sus marcas que lo han mantenido preso.

— Si eso parece, pero tampoco recuerdo nada.

— Por aquí se ven pocos españoles, solamente los que trabajan para las perforaciones petrolíferas.

Al pronunciar esas palabras algunas breves imágenes llegaron a su mente.

— Bueno acuéstese, tiene que reposar hasta que se le pase la fiebre.

5

Durante toda la noche entre delirios y momentos de lucidez, causados por la fuerte fiebre, percibía imágenes furtivas de algunos momentos de su vida.
No sabía si eran realidad o si solo se trataba de sueños causados por su precario estado de salud.
En algunos momentos pensaba acordarse de su niñez en el colegio de *"Los Salesianos"* de Atocha en Madrid.

cuando por reyes, estos distribuían regalos a los alumnos, y que los padres participaban al evento.

Pero le era imposible ponerle nombre o apellido, todo aquello aparecía como entre nubes y sombras.

En otros momentos suponía acordarse de una novia que tubo, a quien acompañaba por la tarde hasta su casa, y que le daba a medio escondidas, un beso en la mejilla.

Otros ratos, percibía su trabajo con los compañeros de oficina, y también viajes en avión o helicóptero, sobrevolando un mar verde interminable.

Por más que se empeñaba en recordar su nombre este parecía escaparle, como cuando de jóvenes jugaba con los amigos, recorriendo las calles de su barrio, y que de pronto desaparecían a la vuelta de una esquina.

Lo tenía en la punta de la lengua, pero siempre conseguía escaparse, todo se mezclaba en su mente, aunque a veces pensaba recordar algo importante, otras les parecían inverosímiles.

Paso la noche entera entre sueños sin ningún sentido y otros verdaderos, pero como saber cuáles eran reales.

Al final llego la aurora y despertó cansado y sudoroso, la fiebre persistía tenaz, y no pudo levantarse.

De repente, sintió un revuelo en el poblado, algo pasaba, la gente corría y se oían voces de hombres atemorizando y dando órdenes amenazadoras a los lugareños seguidos de tiroteos de armas automáticas.

Varias personas se refugiaron en la cabaña donde se encontraba.

— ¿Qué ocurre?

Preguntó él, un poco sobresaltado.

— ¡Son guerrilleros, bandidos que viven en la selva y vienen a quitarnos lo poco que poseemos, no es la primera vez!

Contestó una mujer del poblado.

— Si no le damos lo que quieren, nos queman las casas, y a veces hasta matan a algunos de nosotros, son unos criminales.

Desde el exterior la voz del comandante del grupo lanzó.

— ¡Venga todos fuera, ahora mismo! ¡No lo repetiré!

— La veintena de hombres, mujeres y niños salieron de inmediato, todos los acorralaron en el centro del poblado.

Después pasaron a rebuscar cada chabola para asegurarse que no quedaba nadie escondido.

Al entrar en la barraca donde se encontraba acostado,

dos de los hombres del comandante lo encañonaron.

— ¡Fuera de aquí!

— Estoy herido.

Les contestó.

— ¡Comandante! ¡Venga por favor! ¡Hay un tipo blanco, dice que se encuentra herido!

El superior se acercó.

— ¿Qué le pasa, quien es usted?

— ¡Me han tenido preso y me han dejado herido en la selva! No recuerdo nada ni mi nombre ni lo que hago aquí, solo sé que soy español.

— No se preocupe, le voy a decir cómo se llama y su tarea en Perú.

"Juan Fernández Muñoz" ese es su nombre.

Esta en todos los periódicos del país, y es usted director de las perforaciones petrolíferas de la empresa española "*Hispatrol*".

Lleva un mes desaparecido, y sus secuestradores han pedido diez millones de dólares por su rescate, lo que representa casi treinta y tres millones de *"Soles"* peruanos, una verdadera fortuna en este país.

El gobierno peruano se niega a pagar por los rescates de secuestros, alegando que los guerrilleros lo utilizan para comprar armas.

Ahora los recuerdos volvían poco a poco a su mente.

— Pues claro ya recuerdo, me llamo Juan Fernández Muñoz.

La alegría de haber recobrado su nombre le duraría poco tiempo.

— Bueno supongo que ustedes me van a devolver a mi empresa, tengo que ingresar de inmediato para curar mi herida.

— ¡Quieto tranquilo! Usted se viene con nosotros, luego ya veremos.

Estas palabras, le sentaron como una ducha fría, seguro que no lo iban a devolver a las autoridades, percibía que tenían otra finalidad para él.

6

Efectivamente Juan fue de nuevo atado de pies y manos y trasportado en una camilla confeccionada rápidamente con unas ramas verdes cortadas y sujetas con cuerdas.

Se llevarían también todo lo comestible que encontraron en el poblado.

Durante tres días y dos noches recorrieron la espesa selva abriéndose camino con machetes.

Al tercer día, ya de tarde, llegaron a un campamento rudimentario compuesto de unas amplias tiendas de campaña que concedían refugio a la cincuentena de guerrilleros, con su armamento, equipaje e intendencia.

En una de las tiendas, de las más grandes, Juan fue desatado y tendido sobre una mesa, un hombre del campamento se acercó a él, y examinó con atención su herida.

— ¿Quién le ha hecho esto?

— ¡No lo sé, no lo recuerdo! Solo me viene a la mente breves imágenes de soldados como ustedes, y de haber pasado mucho tiempo caminando con ellos en la selva.

— ¿Ya, usted es español, y trabaja para la petrolífera "Hispatrol", no es así?

— Si efectivamente soy el director de las búsquedas y perforaciones aquí en su País.

— ¡No! ¡Perú no es nuestra tierra! Pero eso ahora no importa, tiene una herida de bala, bueno mejor dicho dos, la de la cabeza que no presenta mayores problemas, aunque con toda seguridad le provocó la pérdida de memoria, pero la recobrará poco a poco.

Lo que me preocupa es su herida del costado, es profunda y lo malo es que el proyectil sigue dentro.

Y puede dar gracias a los aldeanos, que le pusieron esta mezcla de plantas, aunque no le ha quitado del todo la infección, por lo menos ha conseguido que no se extendiera. Hubiese sido fatal para usted.

— Ahora tendremos que sacar la bala si quiere seguir en vida, un poco más.

— ¿Pero quienes son ustedes? ¡Me tienen que llevar a un hospital para que me curen!

Los hombres presentes junto a él se soltaron a reír a carcajadas.

— Me temo que no va a ser posible, pero no se preocupe hombre yo la sacaré.

— ¡Estará bromeando, es imposible! ¿Aquí en estas condiciones y, además, es usted cirujano?

Los compañeros seguían con la guasa.

— ¡Es el mejor de todos!

Contestó uno de sus colegas siguiendo la entretenida ironía.

— ¡Bueno basta ya! Traerme mis instrumentos. Vosotros atarlo bien firme a la mesa que no se pueda mover.

Juan empezó a chillar y revolverse con fuerza para impedir que lo sujetaran, pero los guerrilleros consiguieron amarrarlo sin gran dificultad.

Sin avisar, el *"cirujano"* le plantó una jeringuilla en una vena de la mano, y pocos segundos después Juan se quedó letárgico.

En menos de media hora todo había terminado el proyectil estaba fuera, y la larga incisión suturada.

Escasos momentos después Juan despertó con un dolor insoportable.

— ¡Vale, vale! Que quejicas son los españoles, y decir que descubrieron medio mundo. ¡Supongo que sus antepasados eran más valientes!

Dijo el *"Doctor"* a la vez que le ponía una dosis de Morfina.

7

Pasaron dos días, y Juan ya caminaba, asombrado de que aquel guerrillero que jamás en su vida había cursado medicina lo había operado y extraído la bala de su costado que le causaba tanto dolor.

Claro que tan solo lo habían hecho por una sencilla cosa, mantenerlo en vida, para ser canjeado.

Aunque los primeros secuestradores lo habían dejado por muerto en medio de la selva, solo había sido porque la tropa peruana, los había localizado y tuvieron que huir urgentemente.

Durante el día, Juan podía moverse a su aire por el campamento, pero siempre acompañado de dos guerrilleros armados.

Luego por la noche lo amarraban de pies y manos y dormía solo en una tienda, costeada por un efectivo.

Las comidas las compartía con los demás, pero durante estas solo podían hablar de cosas banales y sin importancia, para no comprometer lo más mínimo quienes eran y donde se encontraban.

En aquel momento, Juan estaba lejos de imaginar que pasaría casi seis meses sin libertad, en aquella inhospitalaria selva.

Para el, lo más insoportable eran las largas noches que transcurrían una tras otra casi sin dormir, intentando recobrar y atar los fragmentos de su memoria, que le venían revueltos y desordenados como las piezas de un puzle.

Aunque ya conocía su identidad, y el importante puesto en la empresa petrolífera en Perú, no recordaba nada de su vida personal.

¿Era soltero, estaba casado, tenía hijos? ¿Y sus padres vivían aun?

¿Tenía hermanos, o demás familia en España?

Todo eso y tantas cosas más faltaban de su memoria, las recuperaría algún día, o seguiría en aquel túnel sin fin, que le atormentaba.

Porqué, recordaba a la perfección, únicamente algunos de sus amigos de *"La Salle"* en su barrio de Atocha.

Los interminables juegos, y el inmenso patio, donde se divertían durante el recreo, y de aquellos soportales que les servían de refugio cuando llovía.

Lo que, si sabía con toda seguridad, era que los guerrilleros no eran peruanos, porque conocía perfectamente el lenguaje y el típico acento del país.

Sin embargo, no conseguía distinguir la nacionalidad del temible grupo de malhechores, porque además también algunos de ellos eran de tipo caucásico con toda certeza de Europa central.

8

Las autoridades tanto del Perú como españolas a través del Embajador de "Lima", habían puesto todos los medios posibles para localizar el grupo que detenía preso al director de las perforaciones petrolíferas "Hispatrol" Juan Fernández Muñoz.

A pesar del inmenso despliegue de fuerzas peruanas que recorrían los espesos montes, y preguntaban en los escasos poblados de la selva, no conseguían localizarlos.

Aunque estuvieron muy cerca de detener al primer grupo que secuestró a Juan, este estuvo a punto de pagarlo con su vida, porque no dudaron en abatirlo, y tan solo la pésima puntería del asesino y una increíble suerte lo salvó.

Los días iban trascurriendo, con escasas novedades, en aquel grupo cortado de la civilización, que vivía tan solo de pillajes y expoliaciones de los escasos poblados de aquellas tierras.

La caza les proveía el resto de los necesarios alimentos para sobrevivir en aquellos montes sin alma.

No estante, el campamento cambiaba de lugar todas las semanas y a veces cada dos días, lo que suponía largas y penosas marchas, a menudo de noche.

Tenían una radio que a duras penas conseguía sintonizar alguna emisora, a pesar de la antena que colocaban en lo más alto de los árboles, aunque tan solo la utilizaban para captar alguna noticia que les interesara. Luego la apagaban para evitar ser localizada por las autoridades.

La información y los periódicos los conseguían mandando alguno de ellos a la ciudad más cercana, de incógnito.

Aunque las autoridades peruanas estaban en contra de pagar por el rescate, la empresa "Hispatrol", que fue contactada por los guerrilleros, acepto el canje de Juan Fernández Muñoz por diez millones de dólares.

Todo tenía que ser llevado con el máximo secreto, y no tenían la seguridad que este le fuese devuelto después de pagar la relevante cantidad de dinero.

No teniendo otra manera de intentar liberar al director de la empresa en Perú, optaron por aceptar las condiciones impuestas por los rebeldes.

El dinero tenía que ser, claro está, en efectivo, y las condiciones les llegarían poco a poco según un plan establecido por los guerrilleros.

Estos ya acostumbrados a las numerosas trampas que les tendía las fuerzas armadas del país, tomarían todo tipo de precauciones.

No se fiaban de nada ni de nadie, y otra vez llevaban razón, porque las autoridades del país que contaban con un indicador en la empresa española ya sabían todo sobre el pacto.

Las autoridades dejarían que se desarrollara el canje y seguirían de muy cerca las operaciones, estas las llevarían con toda seguridad al grupo guerrillero.

Y de esta manera ocurriría.

La empresa " Hispatrol" tenía sus oficinas peruanas en la ciudad de "Puerto Bermúdez" situada en la región de "Pasco", junto al rio *"Pichis"*.

Allí un empleado de la empresa tendría que embarcar con el dinero, en una lancha rápida y dirigirse hasta *"Boca Samaya"* donde depositaría el pago, en un lugar preciso.

Debería dejarlo en aquel sitio y regresar a "Puerto Bermúdez", al día siguiente Juan Fernández Muñoz seria liberado.

9

Reunida la cantidad, un voluntario de la empresa lo llevaría como previsto hasta el lugar indicado y regresaría de nuevo a Puerto Bermúdez.

Inmediatamente el rescate, seria recogido por un guerrillero y llevado a través la sierra hacia una especie de pasadizo que hacía de túnel natural en una pendiente de la ladera.

Naturalmente las fuerzas armadas que lo estaban esperando a su llegada en lancha, siguieron sin dificultad la persona que vino a recoger el dinero, pero al llegar al túnel los guerrilleros les estaban esperando y sorprendidos tuvieron que retroceder.

Los secuestradores desaparecerían con el dinero sin dificultad de nuevo en la selva.

El comandante de las fuerzas militares convocaría a los responsables de la empresa para advertirles de jamás volver a pagar ningún rescate.

Habían perdido el dinero, que ahora serviría para refuerzos sobre todo de armamento, y no habían conseguido rescatar a su jefe.

Esa noche montarían una fastuosa fiesta en el campamento, habían conseguido hacerse con diez millones de Dólares, con su sagaz actuación, y sin conceder ninguna pérdida humana.

El ingenioso plan había superado sus esperanzas las más idóneas, y seguían con el rehén en su posesión.

Juan estaba desesperado, conseguiría algún día recobrar la libertad, ya no estaba seguro, aquella gente no eran meros principiantes, formaban parte de grupos bien entrenados, y profesionales.

Juan cada vez más intuía que debería intentar de alguna manera librarse de aquel apresamiento por su propria iniciativa, savia que no podría contar con la ayuda de nadie, pero como conseguirlo.

Ahora otro reto se presentaba a sus ya difíciles condiciones, además de tener que poner todo su empeño en recobrar su memoria, debería elaborar algún plan para sortear su espinosa situación y librarse de las garras de aquellos terribles rebeldes.

Sabía perfectamente que no sería fácil, los periódicos y noticiarios de radio y televisión, difundían casi a diario casos como el suyo.

Personalidades que habían secuestrado, aparecían varios meses o años después, asesinados en una cuneta.

Esos rudos combatientes era gente sin piedad, algunos luchaban por sus ideas, pero muchos exclusivamente por afán al dinero fácil, eran mercenarios, que venían de todas partes del mundo, sobre todo de zonas en guerra como "los Balcanes" o del norte de África.

Y para estos no valía ninguna piedad, con tal de conseguir lo que deseaban, estaban dispuestos a cometer las más horripilantes torturas o infames masacres sin el menor titubeo.

Esos grupos guerrilleros procedían casi siempre de los países limítrofes, venían a refugiarse en estas tierras más apacibles, a través del monte amazónico que cubría una amplia zona asentada entre varios de ellos, y donde era imposible controlar las fronteras que ni tan siquiera estaban materializadas.

Por eso, recorrían a su aire esas zonas casi " *terra nullius*" sin pertenencia segura, que les permitía llevar incursiones para perpetrar cualquier ofensiva o agresión. Luego tranquilamente volvían a su entorno favorito que les protegía de toda localización.

Bueno casi siempre, de vez en cuando estos eran localizados de varias maneras, por la vigilancia sin cesar de las fuerzas armadas, que sobrevolaban el inmenso bosque a escasa altitud y podían divisar entre la espesa selva, algún campamento. Así después de relevar las coordenadas mandaban la tropa, cuando esto era posible. La mayoría de las veces cuando llegaban ya habían cambiado de ubicación y estaban lejos.

No podían arriesgarse a bombardear la zona, la posibilidad de sacrificar los rehenes era demasiada elevada.

Pero también había otras formas de localizarles, y esta vez era por la que habían optado los responsables de "Hispatrol".

Aunque se habían saltado el permiso de las autoridades del país, el embajador español autorizaría colocar junto al dinero, un aparato miniatura disimulado, que emitía una señal.

Esta podía fácilmente localizarse durante todo el trayecto y revelar la posición de destino.

Puestos frente a los hechos, las autoridades peruanas, después de intensas explicaciones con los españoles, no tuvieron más remedio que aceptar, y decidieron colaborar.

Ahora habían localizado el lugar exacto donde se encontraba el campamento, solo les faltaría llegar hasta allí e intentar rescatar con vida a "Juan Fernández Muñoz".

El ejército decidió llegar al destino por distintos lugares acordelándoles para atrapar al conjunto rodeándoles por completo. De esa forma estaban seguros de que no escaparía nadie, y cogiéndoles por sorpresa podrían conseguir que se rindieran sin combate y que no dañaran al rehén.

10

Todo estaba perfectamente coordenado, las diferentes patrullas coincidieron perfectamente y llegaron a proximidad del campamento, de donde venia la señal del emisor.

Se acercaron con muchísima cautela para no alertar a los centinelas, ya tenían a la vista algunas tiendas de tela verde, eran sobre las cinco de la tarde, pero no percibían el más ínfimo ruido.

No obstante, la señal del emisor seguía marcando el lugar.

No podía ser, aquello parecía muy raro, estaban todos dormidos o muertos.

Se acercaron ya hasta unos metros de las tiendas y seguían sin apreciar el mínimo respiro.

El comandante gritó fuertemente.

— ¡Salgan todos de inmediato con las manos en alto! Pero nada ocurrió, solamente una nube de pájaros tomó el vuelo asustados.

— Cuidado puede ser una trampa, estaros atentos. Comunicó el comandante por radio.

— ¡Que salgan todos coño, somos el ejército peruano! Volvió a gritar.

Esta vez dio la orden de avanzar y revisar todas las tiendas.

Allí no quedaba nadie, habían abandonado el campamento, solamente encontraron bien a la vista el trasmisor que seguía mandando sin lasitud la señal.

— ¡Maldita sea! ¡Otra vez se nos han escurrido! Los guerrilleros, habían localizado la trampa y ya se encontraban lejos de aquel lugar.

Juan ya desesperaba, estaba seguro de que no saldría de allí con vida.

Los guerrilleros, que al principio lo habían tratado con cierto respeto, cambiarían ahora drásticamente sus modales.

Después de haber sufrido lo que consideraban como una traición de la empresa española, Juan pagaría por ello, siendo su máximo responsable.

A partir de ahora permanecería constantemente en su tienda, bajo estrecha vigilancia, donde tomaría también, sus reducidas raciones de alimentos.

La moral de Juan variaba por momentos, a veces desesperado primero por la falta de memoria, tan solo había recobrado algunos breves momentos de su vida, pero también porque había perdido la esperanza de ser liberado algún día.

Esa convicción que le animaba al principio se había cambiado en incertidumbre y peor aún en casi obviedad, tarde o temprano los guerrilleros lo matarían, como a tantos otros que fueron eliminados, cuando ya no les servían.

Cargar con un rehén, a través la selva solo merecía la pena si podían retirar algún beneficio substancial, sino era un lastre para todos, porque debían vigilarlo y mantenerlo en buenas condiciones, y además un peligro constante, sabiendo que siempre intentaría escaparse o dejar alguna huella para ser localizado y poner en peligro todo el grupo.

A Juan solo le quedaban dos opciones si no quería ser suprimido, intentar huir cuanto antes, pero le parecía casi imposible perdido en aquel verdadero océano de verdura sin medios de dirigirse.

O intentar convencerles que podrían conseguir mucho más por su rescate. La empresa española jamás había abandonado ninguno de sus colaboradores, y menos a un director.

Les aseguraría que Hispatrol era un potente grupo para quien pagar una altísima suma no le supondría ningún problema, porque manejaban contratos astronómicos, y si bien esta vez habían intentado tenderles una trampa, no se arriesgarían volver a recurrir al mínimo engaño otra vez.

Juan sabía que la segunda opción no era segura, era solo un bulo, un invento suyo, su empresa jamás había tenido que pagar por ningún rescate, pero tenía que intentar hacérselo creer, si quería contar con otra oportunidad de salvar su vida.

Habían dado tantas vueltas por aquella jungla tropical, que no tenía la menor idea del lugar donde se encontraban.

Podrían estar aun en Perú, pero también en Bolivia, Brasil, Colombia o porque no en Ecuador, todos esos países eran limítrofes de Perú, y los guerrilleros cruzaban las fronteras sin ninguna dificultad, para librarse de las autoridades.

Pero lo tenía decidido, después de contarles la segunda opción para ganar tiempo, intentaría escapar como sea, no le quedaba otra alternativa, savia que, aunque la empresa hubiese querido pagar otra vez por el rescate, el gobierno peruano no lo permitiría.

Por lo tanto, su suerte estaba ya sentenciada, solo le quedaban unos días para intentar fugarse y alejarse lo más posible de aquel lugar.

Esta vez, si quería sobrevivir solo en la selva, tendría que hacerse con algún arma y al ser posible con cierto medio de dirigirse, como una brújula y un mapa, y claro también con algo de comida y sobre todo bebida.

Eran muchas cosas que conseguir en tan poco tiempo, pero el desorden que siempre existía en los precarios campamentos, le ayudaría a hacerse con todos esos medios que siempre permanecían en total desorden.

A demás habiéndole levantado el arresto, dado que tenían que prepararlo para el nuevo canje, Juan podía de nuevo ir y venir casi a su aire por el entorno.

Aprovechó pues la ocasión, para ir recuperando lo que necesitaba.

Incluyendo una pistola automática de nueve milímetros, con su cargador, una brújula y un viejo mapa marcado con numerosas cruces rojas o negras y apuntes que señalaban los campamentos y puntos de encuentro con otros grupos de la guerrilla, o la posición de zulos con armamento.

Naturalmente todo eso lo fue adquiriendo poco a poco con mucha cautela y disimulo.

De haberlo pillado, seria sentenciado sin la menor aprensión.

Esta vez la suerte estaría de su lado, y conseguiría sin mayor dificultad lo que necesitaba.

Lo había guardado todo en una mochila de tela disimulada en su tienda, ahora solo faltaba escoger el mejor momento para la fuga.

Y no sería lo más sencillo, el campamento estaba guardado noche y día por varios centinelas que se turnaban cada dos horas.

Evidentemente, el mejor momento siempre era cuando efectuaban el cambio de turno, muchas veces el remplazante tardaba en llegar y el centinela cansado volvía al campamento a buscarlo, durante largos momentos el puesto quedaba abandonado sin guardián.

Juan se había dado cuenta que eso ocurría a primeras horas de la mañana, pero también después de comer durante la siesta.

De día hubiese sido más sencillo, pero más arriesgado, entonces Juan decidió marchar de mañana.

Efectivamente llegó el turno de las tres, y el centinela dejó su puesto para venir a despertar a la releva.

Fue aquel momento cuando Juan aprovechó para fugarse discretamente, aunque no llevaba ninguna linterna, la luz de la luna, que a duras penas le permitía penetrar en la selva, le bastaría para esquivar con gran dificultad los árboles y plantas del espeso bosque.

Ya había andado más de una hora sin percibir ninguna alerta del campamento, además la aurora venía a facilitarle su fuga.

Encontrándose ya lo suficientemente lejos del lugar, se sentó un momento a descansar.

— ¡No me lo creo, lo he conseguido!

11

Ya por fin salió el sol, permanecía en lo alto de un cerro
en un lugar un poco menos denso, ahora descansaría de
verdad unas horas, después de orientarse.
Se encontraba en Perú, en la zona de "Puerto Putaya"
muy cerca de la frontera brasileña.
Decidió dirigirse hasta "Puerto Inca", situada al oeste,
a unos ciento noventa kilómetros de allí, era la ciudad
más cercana y sabía que disponía de una corta pista de

aterrizaje, solamente disponible para aviones de tipo *"Cessna"* y parecidos.

Recordaba haberla utilizado para sus búsquedas de lugares de perforación por todo el país.

Una distancia descomunal a través aquellos espesos montes sin senderos, con sitios a veces apenas infranqueables.

Aunque esta vez podía orientarse con más facilidad, disponiendo de mapa y brújula, el camino seria largo y penoso,

No obstante, había conseguido llevarse cosas imprescindibles, como un mechero para preparar fuego, una "Pistola 9 mm Córdova" semi automática, con su cargador de quince proyectiles más uno, de fabricación colombiana, un cuchillo, y algo de comer y beber.

Sabía que, si conseguía llegar hasta allí, estaba a salvo, pero el camino seria larguísimo y peligroso.

Primero por la distancia, pero también porque sabía que tendría que cruzar el anchísimo rio "Putaya" distante de ciento treinta kilómetros, y luego franquear las montañas del "Pico Sira" que se alzaban entre los mil quinientos metros, culminando algunas a más de los dos mil.

Aunque le parecía imposible, no le quedaba más remedio si quería salirse de aquel tremendo apuro.

Con sus cuarenta años, se encontraba con fuerzas, y pondría todo su empeño en conseguirlo.

Ahora el bosque era cada vez menos espeso, y la larga pendiente que descendía hasta el llano le facilitaría el reto.

Eran las dos de la tarde, cuando emprendió de nuevo la larga marcha, había podido descansar un buen rato y alimentarse, ahora se encontraba con fuerzas y caminaría hasta la puesta del sol, aunque no había ningún sendero, el espeso bosque se había convertido en altas hierbas, y Juan podía ahora avanzar a paso ligero, solo de vez en cuando algunos manantiales, y lagunas que tenía que rodear retrasaban su ritmo.

Había observado algunos cocodrilos a las orillas del agua, y temía toparse con alguno al caminar entre las altas hierbas del llano.

Otra cosa que le preocupaba eran las frecuentes zonas de arenas movedizas, que tenía que evitar por su peligrosidad, varias veces se avía visto en apuros cuando sin darse cuenta al pisar las hierbas secas, el suelo se desvanecía bajo sus pies.

El sol había huido desde unas horas ya, y tuvo que buscar un lugar seguro para pernoctar. Divisó una pequeña colina coronada de unos arbustos, y pensó el lugar oportuno para pasar la noche.

No se atrevió a hacer fuego, aquel lugar se encontraba en altura y podía ser percibido desde lejos.

Después de comer un trozo de pan con un poco de carne seca que había sustraído del campamento, recogió un manojo de hojas y confeccionó su humilde lecho.

Antes de acostarse, observó cuidadosamente su entorno por si rodaba algún animal peligroso, y se tendió para pasar la noche.

Ahora con menos temor, porque dejó su pistola bien a mano, por si alguna peligrosa bestia se acercaba.

12

Otro día soleado amaneció, Juan, después de alimentarse con lo poco que le quedaba, emprendió de nuevo el rumbo.

Apenas caminó unos kilómetros, se encontró con un sendero, se dio cuenta inmediatamente que estaba practicado con asiduidad, casi no había hierba, y la poca que había estaba aplastada y seca, mezclada con una tierra rojiza, que formaba una especie de camino barroso, por el que transitaban persona muchas de ellas sin calzado por las huellas dejadas en el barro.

Para el sin lugar a dudas eran autóctonos que vivían al margen de la civilización, en aquellas tierras ancestrales, donde seguían sus costumbres y tradiciones, sin a penas contacto con la vida moderna.

Al principio se alegró, de haber encontrado por fin un sendero, este forzosamente lo conduciría a algún poblado donde podría comunicarse e intercambiar alguna información útil para seguir su largo viaje.

De pronto sintió incertitud, en el camino también se divisaban huellas de calzado de tipo militar.

No cabía la menor duda, por allí, también transitaban soldados del ejército, o peor guerrilleros.

Que pasaría si de pronto se topaba con un grupo insurrecto, seria el final del camino para él.

Entonces decidió apartarse lo suficiente para impedir cruzarse con ese tipo de gente indeseable.

Apenas había caminado unos metros al interior de las altas hierbas, de repente el suelo desapareció bajo sus pies, y quedo atrapado hasta las rodillas en una zona de arenas movedizas.

Empezó a forcejear para intentar salir de allí, pero cuanto más se movía, más sus piernas se hundían.

Estaba atrapado, y poco a poco todo su cuerpo se lo tragaba la tierra sin ningún remedio.

Inmerso hasta la cintura, esta vez ya sabía que había llegado su ultima hora, estaba solo y sin posibilidad de auxilio.

Tenía la pistola en la mano, lista para utilizarla antes de ser completamente sumergido y desaparecer en aquel terrible agujero de lodo, que le causaría una muerte lenta y horrorosa.

En un último intento de luchar contra la inevitable muerte, empezó a gritar con todas sus últimas fuerzas, a la vez que le quitaba el seguro de su pistola y la llevaba hasta su sien.

De repente aparecieron unos indígenas casi desnudos, a su vista, Juan creyó soñar, no podía ser verdad, su mente lo estaba engañando, eran solamente alucinaciones que su cerebro inventaba seguramente para preservarlo.

Juan ya sumido hasta los hombros puso su dedo sobre el gatillo y se preparaba a dispararse.

— ¡No! ¡No! ¡Pare! ¡Pare! ¡Lo vamos a sacar!

Gritaron los hombres, en un castellano aproximado.

Al oír los gritos, Juan salió de su torpeza mental, y se dio cuenta que no era un espejismo, se trataba casi de un milagro, habían acudido para salvarlo.

Los hombres fueron rápidamente a recoger dos gruesas ramas que colocaron de cada lado de Juan, y seguidamente dos indígenas subieron uno de cada lado y aunque con dificultad, consiguieron extraerlo de la trampa mortal.

Después de lavarse someramente en un charco, fue llevado por los autóctonos al poblado.

Lo habían salvado de una muerte segura, no obstante, no estaba libre, lo habían atado a un poste en medio de las chozas y expuesto como un trofeo y una curiosidad para todos los lugareños.

Estos lo examinaban con rareza, y después de quitarle la ropa, dejándole tan solo con lo mínimo para cubrir su dignidad, los niños le tiraban comida y todo tipo de cosas, causándole ligeras pero numerosas heridas en todo el cuerpo.

Juan, se había convertido en la atracción del poblado.

13

"Indígenas peruanos"

En aquellos lugares retirados, no estaban acostumbrados a ver hombres blancos, tan solo alguna vez que otra, los habían apercibido de lejos, pero jamás habían tenido el menor contacto con ellos.

Por esa razón poseer uno, era una verdadera rareza para todos, lo examinaban cuidadosamente de cerca con curiosidad, como un bicho raro. Hablaban un lenguaje desconocido para Juan, y tan solo alguno que otro entendía y hablaba algunas rudimentarias palabras en castellano.

Aunque sus comportamientos con el no eran hostiles ni agresivos, tampoco lo consideraban como un ser normal.

Permanecía fuertemente amarrado al piquete, pero, aun así, las mujeres temerosas, ni se acercaban a él, tan solo lo observaban de lejos con intriga y curiosidad.

Solo los hombres, se aproximaban, para darle de comer y beber.

Juan intentaba comunicarse con ellos, y decirles que no era peligroso, solo quería volver con los suyos.

En un momento dado, estuvo a punto de morir, no por la voluntad de los indígenas, que solo lo consideraban como una mera curiosidad, fueron los niños que habían cogido su pistola y la manejaban como un vulgar juguete.

En un momento dado, uno de ellos apuntó en su dirección y presionó el gatillo sin saber las consecuencias.

La bala de nueve milímetros vino a percutar el poste a escasos centímetros de su cabeza.

Al oír el estruendo, todos acudieron asustados, le quitaron el arma y la lanzaron lo más lejos posible.

Poco a poco fueron acostumbrándose a él, y al final lo soltaron.

Juan podía ahora deambular por todo el poblado sin ninguna reserva ni limite.

Incluso, la mayoría lo consideraban y lo trataban como uno de los suyos, comían y festejaban juntos con danzas al rededor del fuego, que duraban gran parte de la noche y acababan en verdaderas caóticas borracheras repletos de una especie de alcohol casero, y habiendo fumado extrañas substancias alucinógenas.

Para Juan era una verdadera experiencia, poder compartir momentos intensos, con aquellas gentes tan distintas y cercanas a la vez.

No obstante, su destino era volver a su vida, lo que le seria mas complicado ahora, porque había perdido el mapa, la brújula y el resto de sus pertenencias, cuando quedo atrapado en aquel lodo.

Únicamente intentó buscar su pistola entre las hierbas, pero no dio con ella.

Llego el día de marchar y fue con tristeza que los lugareños lo vieron partir, Juan también soltaría algunas lágrimas, al tener que abandonar aquellos mal nombrados salvajes, tan llenos de humanidad por dentro.

Aunque sin otro medio que el sol para identificar los puntos cardinales, Juan emprendió el viaje, sabia que debía dirigirse hacia el oeste, para llegar a "Punto Sira" donde podría tomar algún avión que lo llevara a su destino "Puerto Bermúdez", situado al sur a unos cien kilómetros, a más o menos media hora de vuelo.

Pero aún estaba lejos de aquel destino, primero debería cruzar un modesto afluente del ancho y peligroso rio "Ucayaly".

Ese afluente se encontraba a unos cincuenta kilómetros de su posición.

Los indígenas le aconsejaron evitar el sendero, este lo recorrían a menudo hombres blancos peligrosos, de los que jamás se acercaban.

En varias ocasiones se habían topado con los guerrilleros y estos les disparaban sin ninguna razón, únicamente para divertirse.

Siguiendo sus consejos, Juan caminaría, fuera del carril, eso si ahora con mucha cautela, para no caer de nuevo en otra trampa.

El camino era largo y penoso, al cabo de dos días llegaría al pequeño afluente, que cruzaría sin ninguna dificultad, siendo este, de escasa profundidad.

A partir de ese momento le quedaría otros ochenta kilómetros para llegar al rio "Ucayaly".

Los indígenas antes de partir le habían regalado una larga lanza, para su defensa, en caso de ser atacado por algún animal peligroso, también lo habían provisto de comida para algunos días.

Llevaba ya una semana caminando por aquellas tierras inhospitalarias, cuando una mañana divisó a lo lejos una columna de humo.

Un buen rato dudó dirigirse a lo que parecía ser algún poblado o campamento, y al final, decidió acercarse con suma prudencia, hasta poder discernir e identificar exactamente de que se trataba.

Disimulándose con advertencia entre las altas hierbas, se acercó lo suficiente para observar que se trataba de un campamento de la guerrilla.

14

Efectivamente, cuando se quiso dar cuenta, estaba rodeado de ominosos insurgentes, los centinelas desplegados por todo alrededor de la acampada lo habían detectado de largo rato, sin que Juan se diese cuenta.

Se trataba de un grupo distinto, estos eran combatientes, perfectamente armados y preparados para enfrentarse al ejército.

Disponían de ametralladoras, y un sinfín de armas automáticas y pesadas, todos llevaban a demás de su arma larga, pistolas y numerosas granadas colgadas del pecho como un siniestro rosario.

Eran combatientes de primera línea, que se dedicaban exclusivamente a hacer frente al ejército regular, ocasionándole el mayor daño posible.

— ¡Alto, no te muevas!

Grito el sargento, con acento castellano perfecto.

— ¿Quién eres, y que haces aquí?

Prosiguió.

— Soy español, de la petrolífera "Hispatrol".

— ¿Y qué coño haces solo en estos lugares? ¡Además, con una lanza como los salvajes! ¿De dónde eres? ¿Quiero decir de que ciudad española?

— De Madrid. Atocha.

— ¡Joder! ¡No me digas, un paisano!

— ¿Heres también de allí?

Preguntó Juan

— ¡Quieto! ¡Menos confianza! ¡Nos estabas espiando, verdad!

— ¡Yo! ¡No en absoluto! Me han capturado y me han

mantenido preso en la selva, primero un grupo guerrillero y luego otro.

— ¿Coño y has conseguido huir dos veces?

— ¡Así es!

Contestó Juan.

— ¡Pues te puedo asegurar que no habrá una tercera, y no te meto un tiro en la cabeza ahora mismo, porque somos paisanos!

¡Pero te aseguro que nos vas a decir lo que haces aquí! ¡Y para quien trabajas!

— Si se lo he dicho, para la empresa española "Hispatrol".

— ¡Claro, y también para el ejército peruano!

— ¡Que no! Yo soy...

— ¡Venga llevarlo al camión y atarlo bien!

Interrumpió el sargento.

Juan fue conducido hasta un camión, donde lo ataron y lo mantuvieron con un saco negro en la cabeza que le impedía percibir la menor claridad.

Permaneció en aquel lugar, sin comer ni beber lo que quedaba de día y toda la noche siguiente.

Por la mañana, lo imaginó porque percibía el olor de café, y el barullo de los hombres que se apresuraban a levantar el campamento, poco después, el convoy se puso en marcha con rapidez,

Los tres o cuatro vehículos circularon todo el día siguiente por un camino caótico, parando tan solo una hora para comer.

A Juan le dieron un bocadillo de queso y un poco de agua en una lata de conservas.

Durante la siguiente noche, Juan percibió que los vehículos penetraban como en un túnel o una cueva.

Después de escasos metros los motores se pararon y los hombres bajaron.

Juan fue bruscamente sacado del camión, y conducido a una celda, seguía con las manos atadas a su espalda y aquel sofocante saco que le cubría la cabeza, pero distinguió perfectamente el inequívoco ruido de las llaves clausurar la puerta.

15

Momentos después, un guarda entró en la celda y le quitó el saco de gruesa tela negra que le cubría la cabeza.

Juan sintió un alivio ingente, ahora podía por fin respirar con más facilidad.

Vio que se encontraba en una celda con barrotes de hierro, en el interior de una grandísima cueva natural, en la cual los hombres del insurgente grupo deambulaban como si se tratase de un inmenso hormiguero.

Pasaron unas horas y el sargento español se acercó a la celda.

— ¡Mira paisano! Esta tarde vas a comparecer delante del *"Tribunal revolucionario",* así que no te hagas el chulo, te aseguro que esa gente no se anda con rodeos, te aconsejo que digas toda la verdad, porque a la mínima duda o titubeo con toda seguridad acabarás ejecutado, con un tiro en la cabeza.

En efecto, a las tres de la tarde, Juan fue llevado a un lugar de la profunda gruta, donde lo esperaban cuatro hombres de la guerrilla uniformados, sentados detrás de una mesa, al parecer gente importante del mando de aquel grupo guerrillero.

Justo delante a unos metros, una silla donde fue colocado Juan, y colgadas de los muros de piedra varias banderas.

La escasa luz que alumbraba el lugar provenía de un pequeño generador.

Varios elementos del grupo permanecían en pie detrás de Juan, y uno de ellos era el sargento español.

El comandante, dio por abierta la sesión.

¡Vamos a ver! ¿Usted se llama, "Juan Fernández Muñoz"? Tiene cuarenta años y es de nacionalidad española, Sabemos también que es usted el director de los sondeos petrolíferos de la empresa "Hispatrol", contratada por el gobierno peruano.

¿Todo eso es exacto? ¿No?

— ¡Si perfectamente!

Respondió Juan, con cierto temor en la voz.

— Usted está casado con "Lucia Gutiérrez Lozano" de treinta y ocho años, y tienen dos hijos "Carlos" y "Sara" de diez, y siete años respectivamente. ¿Verdad?

Juan no supo que decir, no recordaba todas esas cosas.

— ¡Conteste a mi pregunta!

Insistió el comandante, con cierta irritación.

— ¡Comandante, no lo sé!

— ¿Como que no lo sabe? ¡Mire no juegue con mis nervios, hoy no estoy para bromas!

— Le digo la verdad, e perdido la memoria, después del disparo en la cabeza, y solo tengo algunos breves recuerdos, sobre todo de mi infancia.

— ¡Así que solo algunos recuerdos, no! Los que le interesan, ¿verdad?

Contestó el comandante esta vez enfurecido.

— Mire tiene dos opciones, o nos cuenta toda la verdad, por las buenas, y será ejecutado, o iremos por las malas, y sufrirá las peores torturas que pueda imaginar, y al final será igualmente sentenciado.

¡Así que usted mismo!

En ese mismo momento un sargento se acercó al comandante y le comunicó algo al oído.

Bruscamente el jefe se levantó y dijo a los guardas que custodiaban a Juan.

— ¡Rápido, llevarlo a su celda!

Un verdadero revuelo se formó en la gruta, los centinelas habían observado un movimiento de tropas peruanas muy cerca de la zona.

Rápidamente todos se prepararon a hacer frente, si los militares se acercaban.

Estos que se encontraban a penas a un kilómetro de distancia, dieron el alto, y se prepararon a montar un campamento para pasar la noche.

En la cueva el comandante ordenó al sargento español de amordazarlo fuertemente, porque podría gritar y alertar los militares.

— ¡Serás cabrón, los has traído hasta aquí!

— ¡Que no joder! ¡Yo no tengo nada que ver con ellos!

— ¡Bueno eso se lo explicas al comandante!

Juan no sabia que pensar, le habían dado una alegría, ahora ya recordaba a los suyos, pero su suerte estaba echada, si los militares atacaban la gruta, seria el primero en morir.

Durante toda la noche, la cueva persistió en el mayor mutismo, solo la incesante entrada y salida de centenas de murciélagos, agitaban el sofocante aire.

Las voces de la base llegaban hasta los oídos de los guerrilleros que permanecieron toda la noche alertas sin cenar ni dormir.

Sobre las siete de la madrugada, la tropa levantó el campamento, y prosiguió su ruta.

Ahora los insurgentes se relajaron y pudieron preparar de comer, y obviamente el comandante ordenaría descansar y permanecer en el lugar, hasta nueva orden.

Juan, a pesar de seguir en manos de los rebeldes, sintió un real alivio, pudo de esa manera convencer al comandante de su buena fe.

Aunque no fue liberado, solo se había librado de momento, de aquella farsa de juicio, y de su segura condena.

A partir de ahora seguiría preso a la espera de ser canjeado por dinero o a cambio de algún rebelde encarcelado.

16

Permanecieron en la cueva durante tres días, para asegurarse que la retirada del ejército no fuese ninguna trampa, después emprenderían su rumbo dirigiéndose hacia las montañas de "Pico Sira" al oeste.

Para Juan seria una buena noticia, dado que esa era justamente la dirección que lo llevaría a "Puerto Inca".

No obstante, obviamente, desconocía lo que tenían pensado hacer con él, y cuál sería su destino.

Por esta vez, se había librado de la muerte, sin embargo, no recobraría su libertad, lejos de la realidad. Permanecería cautivo de este grupo guerrillero, que, aunque no acostumbraba a custodiar ningún preso, dado que su mera presencia solamente entorpecía su tarea.

El grupo se dedicaba exclusivamente a enfrentarse al ejército regular, y jamás, se hacían con ningún preso, todos eran ejecutados de inmediato, sin cuartel.

Esta excepción se la había ocurrido al comandante "Espinoza" porque tenia en su mente intentar canjearlo por unos de sus mejores elementos que se encontraba en manos del ejército.

Durante una emboscada, el sargento "Lima" uno de sus mejores hombres, había sido capturado con varios de sus elementos, por el ejército, lo que causaría una seria baja para el comandante.

Este intentaría ahora intercambiarlo por Juan, no obstante, las autoridades harían caso omiso de la proposición, y como habían dejado bien claro, jamás se negociaría con bandidos insurgentes y asesinos.

Evidentemente, no informarían de esta oferta de los guerrilleros a las autoridades españolas ni a la empresa, sabían que de hacerlo estas presionarían a que se llevara a cabo el canje.

Para los españoles y la empresa "Hispatrol", lo único que importaba era recuperar al director "Juan Fernández Muñoz", sano y salvo cuanto antes.

El comandante, no habiendo recibido ninguna respuesta de las autoridades, se puso en contacto con la Embajada española de "Lima" explicándoles que el director de perforaciones español se encontraba entre sus manos, y que las autoridades del país se negaban a todo contacto con ellos.

La larga misiva que habían dirigido al Embajador Español terminaba con esta propuesta:

— **Si ustedes consiguen convencerles de negociar el Intercambio, su súbdito será liberado de inmediato, sin ninguna otra contrapartida.**

El embajador español enfurecido, dio cuenta a las autoridades al más alto nivel, ahora ya se trataba de un asunto de estado.

Los ministros de asuntos exteriores de los dos países se reunieron para intentar buscar una salida a la crisis, pero no se llegó a ningún acuerdo.

Juan permanecería de momento preso de los guerrilleros.

No obstante, el asunto no quedaría así sin más, las reuniones en la embajada española iban a sucederse con asiduidad, sacarían a Juan de aquel atropello, de una forma o de otra.

Conscientes que no podrían obligar las autoridades del país a canjear al guerrillero "Lima" por Juan, deberían buscar otras soluciones para conseguirlo.

Para eso lo importante sería que "Espinoza" confiara en que el embajador español iba a convencer las autoridades, de llegar a un acuerdo.

De ese modo lograría ganar tiempo, e impedir que los guerrilleros ejecutaran a Juan.

Obviamente, esa era la parte fácil, lo dificultoso, seria recuperar a Juan, sin que hubiese ningún intercambio.

17

"Embajada de España, Lima, Perú"

El embajador contestó al comandante "Espinoza" que conseguiría llegar a un acuerdo con las autoridades del país, pero necesitaría tiempo para lograrlo.

Mientras tanto debería garantizar el buen trato del rehén, si quería recuperar al sargento "Lima".

El comandante evidentemente aceptaría, ya que no le quedaba otra opción de rescatar uno de sus mejores elementos.

Por otra parte, se libraría de tener que custodiar a un prisionero, que dificultaba considerablemente sus movimientos.

Ahora se trataría de hallar la manera de rescatar a Juan, sabiendo que "Espinoza" no aceptaría dinero, su único deseo era extraer al sargento "Lima" de las celdas estatales.

Evidentemente, esto dificultaría sumamente el rescate de Juan, las opciones para lograrlo ahora eran escasas.

En la embajada la actividad era ingente e intensa, las interminables reuniones diarias con los diferentes altos cargos militares y de "inteligencia", se sucedían, buscando el plan adecuado para conseguir liberar a Juan.

Los agentes del CNI presentes en la embajada, propondrían una solución que si funcionaba permitiría seguir de cerca al grupo del comandante "Espinoza", e incluso escuchar sus conversaciones.

El embajador "Jose Luis Lozano Heredia" debería proponer al comandante "Espinoza" una vía de comunicación directa, que no pudiese ser detectada por los especialistas de las autoridades del país, ni por ningún otro medio existente.

De ese modo, todas las conversaciones o acuerdos entre ambos serían garantizados, quedando en completo secreto.

Abrirían para la circunstancia, una línea telefónica cifrada, a través de un teléfono satelital de banda ancha *"2.4-9.6 kbps"*, que le sería entregado con total garantía por las autoridades españolas.

El comandante "Espinoza", aceptaría el trato, avisando de antemano, que, si intentaban timarlo, Juan seria ejecutado sin demora.

El embajador le daría su palabra, invocando que las dos partes tenían interés en que todo se desarrollara con total confianza.

Los servicios del CNI, prepararían el dicho teléfono de tal manera que este además de estar cifrado, comportara también otras funciones específicas, como un medio de localización con frecuencia únicamente detectable por los agentes de la embajada.

La otra peculiaridad, sería la escucha a través de un potente micrófono omnidireccional incorporado, que permitiese captar cualquier conversación, incluso estando el aparato apagado.

De ese modo, los servicios especiales podrían seguir en cada momento todo lo que ocurría o planeaba el grupo guerrillero.

Ahora faltaba la parte principal. Se decidió formar un comando compuesto de cinco hombres, que seguirían de cerca la infinidad de incesantes movimientos de los insurgentes.

Después apreciarían el momento y la manera de intervenir para liberar a Juan.

Sin lugar a dudas, era un plan genuino y espectacular, pero peligroso, tanto para el comando como para Juan. Y obviamente para las relaciones bilaterales de los dos países, que independientemente del resultado, se verían afectadas, no obstante, era el precio a pagar para conseguir la libertad de Juan.

Todo se desarrolló como previsto, un agente de la embajada entregó el teléfono trucado a un hombre de "Espinoza", este regresó al campamento, y a partir de ese momento todo lo que se hablaba en un entorno de diez metros era escuchado y gravado en la cancillería.

Después de preparar el equipaje, con todo lo necesario, el comando partió discretamente, en dirección de la señal emitida por el teléfono.

Dos días después el comando al mando del teniente coronel "Rodriguez", llegarían sin novedad, a escasa distancia del grupo guerrillero.

Evidentemente no se trataba de enfrentarse a los insurgentes, estos eran mucho mas numerosos y la vida de Juan estaba en juego.

De momento, se conformarían escuchar y seguir los movimientos del grupo a través la selva, ya llegaría el momento de actuar cuando tuvieran una oportunidad segura.

18

Una incursión masiva del ejército peruano tuvo lugar, y estuvo a punto de hacer fracasar el plan.

Los guerrilleros de "Espinoza" se vieron de pronto rodeados de militares, apoyados por fuerzas aéreas y tan solo la destreza y el vigor del grupo logró abrirse una brecha por donde pudieron huir, y librarse del ataque.

En aquel momento Juan, pensó que seria ejecutado, pero el comandante dio la orden de llevárselo.

"Mendoza" enfurecido, pensó por un momento a una traición del embajador español, y se apresuró de comunicarse con él en cuanto se encontraron a salvo.

El canciller español "Jose Luis Lozano Heredia", tubo que desarrollar energía y fuerza de persuasión para lograr convencer "Espinoza" de que aquello había sido una mera coincidencia, que debía seguir confiando en él, y que al final todo saldría bien para ambos.

El grupo guerrillero prosiguió su marcha errante a través la selva, a la búsqueda de algún objetivo estatal para vengarse de aquella inesperada ofensiva que pudo causar, el final del grupo insurgente.

"Espinoza" ahora más furioso y mordaz que nunca, intentaría llevar a cabo alguna miserable operación vengativa contra las autoridades.

El comando español llevado por el teniente coronel "Rodriguez", no los perdería de vista, intentando determinar el momento oportuno para lograr su único objetivo, sacar a Juan de aquel apuro letal.

Dirigiéndose hacia el oeste, llegaron al rio "Ucayali", con sus aguas turbias y su ancho cauce tumultuoso, el cual, suponía un serio obstáculo que deberían franquear.

El grupo guerrillero de "Espinoza "que conocía perfectamente los entornos, mandó algunos de sus hombres a un poblado de pescadores cercano, y se hicieron con varias canoas.

A pena una hora después la cincuentena de hombres del grupo conseguirían cruzar sin siniestro el vigoroso arroyo.

Seguidamente vendría el turno del comando del Teniente Coronel "Rodriguez", con sus cinco hombres, que se encontraría con el mismo obstáculo.

Estos se presentaron en el poblado, a pedir a los indígenas que los llevaran al otro lado del rio.

Los lugareños que no entendían castellano, les dijeron por gestos lo que ya sabían, pero lo peor era que los insurgentes se avían llevado todas las canoas del poblado, y las avían abandonado del otro lado.

Ahora "Rodriguez" se encontraba con un serio problema que resolver.

Como cruzar, nadando era imposible, la corriente era demasiado importante, además llevaban sus armas y sus pesadas mochilas repletas de municiones, material de comunicación, ropa, tiendas de campaña y demás intendencia.

Al final consiguieron entender que más arriba había otro poblado, donde podrían pedir ayuda, pero se encontraba a medio día de marcha.

No habiendo otro modo ni posibilidad de cruzar, decidieron llegar al sitio indicado, sabiendo que perderían valioso tiempo.

Cinco horas de marcha forzada después, el comando avistó el poblado.

El teniente coronel parlamentó con el que parecía ser jefe del diminuto asentamiento, y este accedió a llevarlos del otro lado a cambio de su reloj.

Obviamente "Rodriguez" aceptaría el curioso trueque y en escasos minutos estaban por fin del otro lado.

Ahora, aunque rendidos, después de un corto descanso, emprenderían la larga y agotadora marcha, tenían que recuperar el tiempo perdido.

Esa noche, tan solo dormirían tres horas, y aunque agotados, habían recuperado buena parte del retraso, la señal y el GPS incluidos en el teléfono de "Espinoza", indicaban el grupo guerrillero, a tan solo dos horas de su posición.

Este se encontraba ahora en las montañas de la inmensa sierra de "Pico Sira".

Ese lugar, ubicado a unos veinte kilómetros del "Rio Pichis" es una cordillera que culmina entre los mil quinientos y los dos mil trescientos metros de altitud.

Seria sin lugar a dudas otra dificultad más para el comando, que, aunque compuesto de elementos acostumbrados y entrenados para ese tipo de actividad, sentían sus fuerzas desvanecer a medida que pasaba el tiempo.

19

Juan no sabia que pensar, a pesar del tremendo ataque del ejército, seguía en vida, lo habían llevado con ellos, el que pensaba no sobrevivir por la múltiple vez.

— ¿Qué interés deben tener, para guardarme en vida, complicándose las cosas, y entorpeciendo su huida?
Se preguntaba.
Aunque intentaba buscar una razón coherente, no entendía el porqué.

Obviamente Juan no sabia nada del trato con la embajada, el solo pensaba que las autoridades del país habían rechazado todo compromiso con los insurgentes, y que jamás pagarían ningún rescate por él, ni por nadie, de ahí su extrañez.

Su empresa ya había intentado pagar una cuantiosa cantidad, sin resultado, ahora pensaba que solo podría contar con sí mismo, intentando librarse otra vez de los guerrilleros.

Pero ahora estos eran otros mejor preparados, lo que le sería más complicado.

Una cosa que, si sabía, y que le aventajaba, era que acordándose del mapa que perdió, y el paso del rio, "Ucayali", ya estaba mas cerca de su meta, "Puerto Inca".

Si conseguía escapar y cruzar las montañas de "Pico Sira", tan solo se encontraría a unos cuarenta kilómetros del pequeño aeropuerto.

"Rodriguez" y sus hombres consiguieron llegar a proximidad del campamento de "Espinoza", ahora los guerrilleros estaban a la vista, e incluso, podían observarlos.

Habían montado el campamento en una estrecha ladera rocosa, que les permitía sentirse a salvo, en caso de algún ataque de los militares.

Otra de las ventajas, para ellos era que podían diseminar varios centinelas en lo alto de los picos, lo que les proporcionaba una visibilidad perfecta, sobre todo el entorno.

"Rodriguez" sabía que no podría intentar nada durante el día, cualquier movimiento, seria divisado de inmediato.

Por su parte Juan pensaba igual, la única manera de intentar escapar solo podría ser de noche, ya lo había conseguido, no obstante, esta vez seria casi imposible.

Pero era su única opción, y a pesar del riesgo, lo intentaría, tenía que librarse de una vez de aquellos individuos sin fe ni ley.

Ahora ya había recobrado toda su memoria, y no podía esperar más, tenía que hacer lo imposible para estar con ellos, con su querida esposa "Lucia" y sus dos maravillosos hijos, "Carlos" y Sara".

Demasiado tiempo había pasado sin la mínima noticia, no savia si se encontraban en España o en Perú, ni que les avían contado, sobre el y sus posibilidades de encontrarlo algún día con vida.

Eso lo atormentaba, y hacia que se preocupase mas por la incertidumbre que vivía su familia que de su suerte.

Entonces pasara lo que pasara, iba a fugarse, iba a arriesgar su vida, esta ya le importaba poco, solo le preocupaba el dolor que podría sin lugar a dudas afectar a los suyos.

No lo pensaría dos veces, esta misma noche lo intentaría, si, intentaría huir de esos malvados y perversos malhechores.

Juan andaba libre todo el día por el campamento, y pudo observar con tranquilidad las inmediaciones, y los puestos de observación de los centinelas.

Como cada noche, después de cenar, se adentró en su tienda, para pasar la noche.

Esta estaba siempre custodiada durante toda la noche, por un centinela delante del único acceso.

Juan sabía que no podría escapar por ese lado, y se le ocurrió intentarlo por el lado opuesto, levantando la pesada tela sujeta con múltiples piquetes plantados en el suelo.

Aunque le costó mucho abrirse un hueco lo suficientemente grande, sin hacer ruido, este pudo escurrirse, sin alertar el guarda.

Una vez fuera, Juan se arrastró hacia unas rocas.

El lugar era propicio, todo el entorno estaba rodeado de gruesas peñas y de arbustos que le facilitarían la huida, en tanto este permaneciera tumbado o agachado detrás de las numerosas rocas, fuera de la vista del centinela.

De esa forma Juan pudo poco a poco alejarse del lugar sin ser detectado por nadie.

Una vez lo suficientemente alejado del campamento, se puso primero a caminar lentamente para evitar mover alguna piedra que hubiese alertado los centinelas, en aquella serena y tranquila noche, donde el mínimo ruido seria repercutido por el eco de las laderas.

Una vez alejado del lugar Juan pudo agilizar el paso, ayudado por una espléndida luna llena.

   — ¡Libre! ¡Libre! ¡Otra vez libre! ¡Qué bueno soy coño!

No pudo por menos soltar en voz baja Juan.

Tan solo una pequeña pero primordial dificultad, vino entorpecer y perturbar su alegría.

Juan se dirigía ahora hacia el este, el lugar opuesto de su meta, y de noche sin ningún medio de dirigirse, maldijo mil veces el no saber orientarse por las estrellas.

Tenia que esperar la aurora para divisar la dirección del levante, y así caminar hacia el lado opuesto, donde se encontraba su salvación, " Puerto Inca".

20

Evidentemente el comando del Teniente Coronel "Rodriguez", no se había percatado de la fuga de Juan. Fue cuando despertó el campamento que "Espinoza" dándose cuenta de lo ocurrido empezó a maldecir todas las madres de los centinelas.

Ahora "Rodriguez" y su grupo escuchaban por el transmisor, las voces del comandante que insultaba e injuriaba todo lo que existía.

— ¡Pandilla de inútiles! ¿Como se os ha podido escapar? ¡Alguien tendrá que pagar por esto, y bien caro! ¡Escoria de Imbéciles mal nacidos!

La tremenda cólera de "Espinoza", no conseguía ocultar el también malestar de "Rodriguez" que asimismo había perdido las huellas de Juan.

Ahora cada uno por su lado, hubiese sido de chiste si las graves circunstancias de lo que estaba en juego no se tratase de la vida de un hombre, si, de un hombre que tan solo había acudido a esas tierras para cumplir su tarea. Intentar hacer llegar la modernidad y prosperidad a un pueblo desprovisto de lo elemental para vivir y mantener sus familias dignamente.

Juan se apresuro de volver hacia atrás, eso si por otro cerro alejado del campamento, aunque más arduo y dificultoso, pero no había otro camino para salvar aquellas elevadísimas montañas de la sierra de "Pico Sira".

el Teniente Coronel "Rodriguez", sabiendo ya que Juan no se encontraba en el campamento de "Espinoza", dio cuenta a las autoridades del país de la presencia de un importantísimo grupo guerrillero, dándoles las coordenadas exactas de su ubicación.

Escasas horas después las fuerzas aéreas seguidas por el ejército, acabarían con el nefasto grupo insurgente de "Espinoza".

Ahora para "Rodriguez" la misión seria de encontrar a Juan, completamente desamparado, antes de que este cayera en otro de los múltiples peligros de esas tierras.

Lo que, para su desgracia, no tardaría en ocurrir.

Trepando por aquellos cerros Juan de pronto se encontró con un poblado troglodita.
Eran unas especies de cuevas excavadas en la pendiente ladera del cerro.
Estaban ocupadas, Juan podía distintamente divisar a personas alrededor de pequeños fuegos
Sin dudar un instante, se dirigió hacia el lugar.

21

Al verlo llegar las mujeres y los niños se ocultaron de repente en el interior, pero los hombres se lanzaron hacia Juan, hiriéndole profundamente con una lanza en el brazo derecho.

Justo después se le echaron encima y lo capturaron.

Los indígenas vestidos de un sencillo *"taparrabos"* lo ataron fuertemente y lo subieron al interior de una cueva.

Juan sangraba fuertemente, pero como si de una presa de caza se tratara lo dejaron en el suelo, sin la menor compasión.

Los autóctonos de aquellos lugares no estaban acostumbrados a ver hombres blancos de tan cerca, vivían desde siempre apartados de la civilización, y en escasas ocasiones habían divisado desde lejos esas personas tan diferentes, que huían como la peste.

Sus ancestros, siempre les habían acostumbrado a alejarse de esa curiosa gente que vivía vestidos, y que suponía un peligro mortal para ellos.

La mayoría ni tan siquiera los había visto, únicamente se hablaba de ellos por la noche alrededor del fuego, y siempre con temor y espanto.

Era otra civilización que tan solo aportaba desgracias y adversidades para ellos.

Juan intentó comunicarse con el que parecía ser el jefe de la tribu, pero ni él, ni ninguno de ellos comprendía o hablaba castellano.

Las numerosas expediciones de los conquistadores españoles jamás habían llegado a esos lugares tan retirados, por lo tanto, solo conocían su lengua ancestral.

Vivian de la caza y de la recolecta de frutos salvajes, que los hombres se encargaban de aportar cada día, siendo luego las mujeres las que las preparaban para alimentarse.

Los numerosos niños ayudaban a recoger leña seca, para el fuego, que siempre prendían provocando chispas, golpeando fuertemente dos piedras de sílex.

Obviamente siempre habían vivido al margen de la civilización moderna, no disponían de ningún utensilio ni recipiente, el agua que captaban en las numerosas fuentes de las laderas, la guardaban en envases hechos de piel de animal.

Unas horas mas tarde, la herida de Juan había dejado de sangrar, pero este permanecía amarrado de pies y manos al palo que habían utilizado para subirlo hasta las cuevas.

Ahora le quitarían toda la ropa que llevaba, dejándolo completamente desnudo, atado con lianas a una roca. así expuesto como un trofeo y una curiosidad.

Todos y todas lo observaban minuciosamente con rareza, algunos hasta tocaban su cuerpo con intriga y cierto repelús.

Juan seguía intentando hacerse comprender de aquellos seres tan peculiares, sin conseguirlo.

Algunos hombres le llevaron un poco de comida a la boca, y vieron que no parecía peligroso.

Al final lo soltaron del sitio y le ataron una liana al cuello como si de un perro se tratara.

Entonces Juan ya pudo alimentarse solo con los escasos restos de comida que le tiraban al suelo, también le vertieron un poco de agua en el vado de una roca, y pudo sorber algo del preciado líquido.

Por la noche intentaba dormir en una litera de hierbas secas que le prepararon los indígenas, pero siguiendo desnudo, las noches las pasaba muerto de frio.

Ya no sabia que pensar, si estos hombres habían vivido durante siglos sin siquiera ser molestados por gente civilizada, cuanto tiempo debería seguir en aquel lugar sin que nadie viniera a su rescate.

Seguramente pasaría el resto de su vida allí atado como un can, si nadie se percataba de su presencia.

Y no había escapatoria, se encontraba siempre a la vista de todos y sujeto con la gruesa liana que le cortaba el cuello.

De vez en cuando como si de un animal se tratara le cambiaban la litera y lo limpiaban vertiéndole un pellejo de agua.

El Teniente Coronel "Rodriguez", y sus hombres, habían abandonado su búsqueda, Ni ellos ni el ejército con medios terrestres y aéreos, habían conseguido localizarlo.

Lo mas seguro pensaban este podría haber sufrido algún accidente grave, o había sido la presa de algún animal salvaje.

Para todos Juan con toda certeza había muerto, y su cadáver desaparecido por completo.

Las posibilidades de sobrevivir en aquellas peligrosas montañas, sobre todo sin ningún medio de defensa serían más que milagrosas.

De echo las autoridades españolas y peruanas habían decretado su desaparición.

Ya nadie lo buscaba, habían pasado casi tres meses y ninguna nueva ni prueba de vida avía llegado, su esposa "Lucia" y sus dos hijos "Carlos y "Sara", presentes en la embajada española de Lima habían regresado a Madrid.

Aunque su muerte no era oficial, la familia estaba destrozada de dolor, era imposible, "Lucia" no podía imaginar su vida sin él, ella negaba aquella evidencia, no podía haberlo perdido para siempre.

Sabia que era un hombre fuerte y luchador, se lo avía demostrado en numerosas ocasiones, estaba segura de que volvería, su mente se lo decía a voces.

No obstante, sobre todo de noche, esta se hundía en llantos de desesperación, que se desvanecían en cuanto volvía la aurora y comenzaba otro día, si, otro día de esperanza sin fallo, que la permitía llegar hasta la noche y sus malditos demonios.

22

"Madrid"

"Lucia" decidió regresar a Lima, esta vez por su cuenta. Tenía la intención de buscarlo con la ayuda de gente que ella misma pagaría, savia que la estaba esperando allí en alguna parte de ese maravilloso, pero también peligroso país.

Si, mobería cielo y tierra hasta su último soplo de aliento, pero nada ni nadie la impediría llegar hasta él.

De regreso a Lima, Lucia se reunió con su contacto y juntos decidieron contratar a media docena de hombres conocedores de aquella cordillera.

Todos ellos venían de aquellas tierras, y conocían perfectamente el terreno, la mayoría eran mercenarios, antiguos militares o policías, y podía contar con ellos a cambio obviamente de una substancial retribución.

Todo debería naturalmente llevarse a cabo con la mayor discreción.

Las autoridades del país no permitían ese tipo de operaciones arriesgadas, que las ponían en apuro, de haberse conocido, la misión hubiese sido inmediatamente prohibida y todos los participantes encarcelados.

El grupo de búsqueda seria dirigido por un joven teniente retirado "Lozano" que, como todos los demás venia de la zona de " Pico Sira".

Aunque el teniente se opuso rotundamente, Lucia quiso formar parte del grupo, y por mas que se lo aconsejaban, mas se empeñó en ello.

Tenia que estar allí si estos encontraban a Juan, lo había decidido de largo tiempo y nadie lo pudo impedir.

 "Lozano" no pudiendo evitarlo, la dio las mínimas bases del manejo de su arma.

Unos días después el singular pelotón tomó una avioneta *"Cessna 172"* desde "Lima" a "Puerto Inca".

Nada más llegar, emprendieron la marcha hacia el este en parte en todo terreno, para acceder a las montañas de *"Pico Sira"* distantes de cuarenta kilómetros, donde tenía que encontrarse Juan.

Lucia cargada con su pesada mochila y su pistola nueve milímetros *"Sigsauer-P226"*, trepaba las rocosas laderas con coraje y determinación.

Causaba la admiración de "Lozano" y todo el grupo.

Lo había decidido, y llevada por su inquebrantable determinación, lograría demostrar a sus compañeros de viaje que merecía su respeto.

¿Solamente, como dar con el hipotético lugar donde podrían situar a Juan?

Aunque los hombres conocían muy bien el terreno, esas montañas cubrían una considerable superficie y eran un lugar escarpado e inhospitalario, lleno de trampas mortales.

No existían senderos, ni pasadizos seguros, un sencillo paso en falso podía acabar en tragedia, cayendo al vacío por aquellas pendientes laderas, y acabar atrapado bajo un montón de rocas.

Era una tarea ardua y dificultosa, las posibilidades de dar con Juan entre aquellos cerros, seria como encontrar una aguja en un pajar.

Todos lo sabían perfectamente, y Lucia la primera, no obstante, había venido a buscar a su marido, y no marcharía sin él.

Además, había prometido a sus queridos hijos que regresaría a Madrid con su papá, y no pensaba defraudarles.

23

Mientras tanto, Juan que permanecía preso de los indígenas, en la cueva, desfallecía, tenia que conformarse con los escasos restos de comida que le tiraban.

Además, la herida del brazo no cicatrizaba, y la falta de higiene acababa de sumirlo en une especie de marasmo que entorpecía su voluntad de luchar por sobrevivir.

Jamás había sufrido un tan intenso desafío, aunque Juan era un luchador nato, pero sentía que su fortaleza estaba al límite, y su abdicación empezaba a asomarse a su mente.

No aguantaría mucho más, además para qué, sabia que no lo dejarían marchar, solo lo mantenían en vida para ver como decaía sin mera piedad.

Lucia y su grupo llevado por el teniente "Lozano" se adentraban cada vez más en aquella preciosa pero peligrosa cordillera, revisando todas las grutas y posibles lugares donde Juan pudiese haberse refugiado.

Era un trabajo titánico para el reducido grupo, no obstante, los hombres conocían muchos posibles lugares donde este pudiese haberse refugiado.

También sabían que numerosas cuevas trogloditas de las pendientes laderas, estaban habitadas por tribus de autóctonos salvajes, que no conocían, dado que estos huían la civilización, con la que no mantenían ningún contacto.

No sabían lo que podría haber sucedido si Juan hubiese sido capturado por esos salvajes.

Los habitantes de los poblados contaban historias escalofriantes que habían ocurrido a algunos, sin ninguna duda estos jamás fueron vistos después de aventurarse por aquellos lugares, y nunca se les volvió a ver ni tan siquiera encontrar el menor rastro de ellos. Muchos pretendían que incluso los mataban y se los comían como cualquier otro animal, claro que eran historias sin ningún fundamento ni prueba, pero la gente de los poblados jamás se aventuraba cerca de aquellas tierras.

Esas cosas no se las contaban a Lucia, hubiesen sido fatales para su moral, que a pesar de la extrema fatiga la mantenía en pie, sin jamás desfallecer un solo instante.

Una mañana se preparaban a levantar el campamento de la noche, cuando percibieron unas pequeñas columnas de humo que se elevaban de unas cuevas de la ladera.

Estas se encontraban difícil de acceso a un par de kilómetros de su posición.

El teniente "Lozano" decidió dirigirse hacia ellas, savia que eran trogloditas, pero iban bien armados y no les suponían ninguna dificultad para defenderse en caso de ataque.

Estos hombres salvajes tan solo disponían de flechas y lanzas, lo que para el grupo le sería fácil superarlos.

Media hora después llegaban a proximidad de las cuevas, y podían discernir perfectamente los salvajes casi desnudos que se apresuraban alrededor del fuego.

El teniente ordenó que todos se detuvieran, y solo con su rifle se acercó hasta una de las cuevas.

— ¡Buenos días! Quisiera hablar con el jefe de este ¡Lugar!

No obtuvo respuesta todos los presentes sorprendidos desaparecieron en el interior de la cueva, pero de pronto los hombres armados de lanzas salieron a defender la entrada de la gruta.

Estos empezaron a vociferar en su incomprensible idioma.

"Lozano" disparó un tiro al aire, que aterrorizó los indígenas, estos volvieron a refugiarse en la cueva.

El teniente siguió hablándoles apaciblemente, y aunque no comprendían, algunos de ellos salieron esta vez sin armas.

Poco a poco la confianza mutua empezó a superar el miedo.

Entonces "Lozano" intentó explicar les el motivo de su presencia, indudablemente la comunicación entre ambos era imposible, nadie entendía la más mínima palabra de lo que se decía.

A Lucia se le ocurrió gritar el nombre de Juan, y de pronto se escuchó una tenue respuesta del interior de la cueva.

— ¡Lucia, Lucia! ¡Estoy aquí!

El teniente y Lucia seguidos de los demás hombres penetraron hasta el fondo de la gruta.

Lo que descubrieron sobrepasó el entendimiento, Juan se encontraba desnudo, atado del cuello a penas reconocible, delgado y sucio, casi sin aliento, acostado en una obscena litera de paja, rodeado de inmundicias y restos de comida.
Lucia se le tiró al cuello y empezó a llorar.
— ¡Juan, Juan! ¡Que te han hecho querido!

Ahora "Lozano" enfurecido contra los salvajes, estuvo a punto de dispararles sin piedad, pero Lucia lo retuvo.
— ¡No Lozano por favor! ¡Basta ya de locuras!

Lucia había logrado lo imposible, encontrar su marido, el padre de sus hijos a quien había prometido de traérselo.

FIN

DONDE

DONDE

Resumen.

Un hombre se despierta con gran dificultad herido, tendido en el suelo en un sendero de un frondoso bosque desconocido.

Totalmente amnésico intenta recobrar su memoria, pero nada le viene a la mente, ni su nombre, ni el lugar donde se encuentra, ni como ha llegado hasta allí. Lujosamente trajeado, sin papeles, ni dinero.

Sangrando abundamente de una herida profunda en el costado, y varias, más leves en la cabeza y en sus manos.

Lugar

Selva peruana, de nuestros días.

Du même auteur

(Publications en français)

—Notre petite Maison dans la Prairie
(Récit Autobiographique)

—Le mystérieux Bunker Sous Tchernobyl
(Roman)

—Le rendez-vous
(Roman)

—Conséquences
«Amitiés Amour et Conséquences»
(Roman)

—Saisons
(Récit)

—Vengeances
(Roman)

—Strasbourg Banque & Co
(Roman)

Del mismo autor

(Publicaciones en español)

— ***Secuestro en Salamanca***
(Novela)

— ***Mercado Negro en la Costa Blanca***
(Novela)

— ***Tierra sin Vino***
(Novela Narrativa)

Biografía

Jose Miguel Rodriguez Calvo
Natural de "San Pedro de Rozados" (Salamanca) (España)
Doble nacionalidad hispanofrancesa
Residencia: "Ile de France" (Francia)

Biographie

Jose Miguel Rodriguez Calvo
Né à Salamanca « Castille » (Espagne)
De double nationalité franco-espagnole
Résidence: «Ile de France» (France)

Jose miguel rodriguez calvo